reset《リセット》

今 美音子
Kon Mineko

文芸社

reset

begin

新たな想いが次々と生まれて人が幸せになったりできることを
私はうれしく思う。
好きな人を思ってその人がうれしく思ってくれたり
支えとして生きてくれることは何よりもうれしいこと。

そして生きていくこと。
わかり合うこと。

大切な人はいますか?
支え合える人はいますか?

成人式

成人式、
大人として社会の仲間入りするための儀式。
大人になるということは自分の行動に責任をもつこと。
TVで流れたニュース。
成人式のあり方、必要性。
私と同じ年に生まれた同い年の人たち。
理解できないわけじゃない。
多分わからないだけなんだと思う。
多人数でここぞと言わんばかりに酒を飲み
タバコをふかし大騒ぎをする。
彼らなりの主張の仕方。

大人になりきれていない大人への挑戦。
正しい主張の仕方は他にある。
けど私を含めてわからないんだよ。
どうして存在を認めてもらえばいいのか。
たくさんの中の一人じゃなくて、個人として見てほしいから。
居場所がないから、ずっとないから
振りまわされすぎてわからなくなったんだよ。

十代

19歳になる。
明日何も起こらず、朝が来て夜になれば何もしなくても19歳になる。
何も変わらなくても生きている限り年だけはとっていいって
いつのまにか30、40になっているんだろうな。
何か哀しい。
それって哀しい。
自分は何もしなくても時だけは勝手に進んで
まだ成長しきれていない私をおいてく。
淋しい。
大人になりきれないまま大人になっちゃうんだ。

A

悲しいはずの出来事なのになぜか笑っていられる。
それは友達や生活の中で満たされているから。
でも、それらすべて失っても手に入れたかったものがある。
心の中ではずっと叫びつづけているのに
あなたには届かないまま時は過ぎ、雪は絶え間なく降り続いた。
素敵な人に出会えたこと、それは大きな喜び。
ただ遅すぎたことだけが大きな過ち。
夢に見るあなたと思いつづけているあなたはこんなにも違いすぎるのに
あなたを思いつづけている。
素直に可愛いままで伝えられたらいいのに。
どうしてこんなにも強がりな自分でしかいられないんだろう。
もしも一瞬だけ素直になれたら

何よりもこの想い
打ち明けてみよう。
そしてできることならずっとあなたのそばにいたい。
できることならあなたの隣に座っていたい。
そしてどこまでも走りつづけていて。
真夜中までとばしたあの頃のように。

出会ったばかりのあの頃のように。
いつまでもこの街、走り抜けて
夢のような時、過ごしてみたいから。

いつの日かもう一度出会いたい。
やり直せるならとびきりの笑顔で
可愛いいままであなたに伝えるから。

短大生活

茶志内《ちゃしない》の駅は小さな無人駅。
おばあちゃんがホームを間違えて待っていた。
ところが電車が入ってきたホームは違った。
おばあちゃんは線路を横切ろうとした。
危ない、と思った。
車掌さんは電車を降り、おばあちゃんを背負い階段を駆け登った。
おばあちゃんは無事電車に乗ることができた。
拍手が起こった。
心に染みた。
やさしさが染みた。
電車通学を始めて間もない私に電車のよさ、普通列車のよさを教えてくれた。

母上様

大切な人を失った悲しみはみんな同じだけど、
あの時あなたは誰よりも小さく見えた。
いつも大きくて暖かくて強かったあなたが
あんなに小さくて女に見えたのは初めてだった。
静かに降っていた雨がやがて強さを増し、決して休むことなく降り続いて
同じように泣きつづけるあなたを
どうしてあげることもできなかった。
愛を知った頃からもうずいぶん経つのに、わからないふりをしていた。
現実に目を向けることを怖がっていた。
さよならをするとき大声で泣くことしかできなかった私を見て
あなたは静かに涙して、

これからのことを見つめていた。
ずっと一緒にいたけどそのとき初めてわかり合えた気がする。

あなたが素敵な人でよかった。

強がり

大切なもの守り抜いていく。

それが生きてく証。

昔誰かがつぶやいていた。

「自分のことかわいそうで泣くのはやめた」

素直に納得した。

それがいつのまにか染み付いていたんだな。

だから泣けなかったんだな。


「美音子みたいに強くない」

そう言われたとき、ざまあみろって顔してたけど本当は違ったんだ。

淋しかった

私は強くなんかない。
そんなふうに見えてたんだな。
いつでも誰かに助けて欲しくて
本当は誰かに手を差しのべて欲しかった。
本当は辛かった。
大声で叫んだら誰か手を貸してくれましたか。

答え

今日はいい日だったな。
そう思える日はいったいいくつあるだろう。
それすら考えずに眠りにつく日はいくつあるだろう。

流れは止まることなく流れ去り
あらゆることが起こって
あらゆるものであふれ
あらゆる想いが生まれる。

何度も問いかけていたあの儚い夢たちも
そっと流れいつしか消えてしまうのだろうか。

誰かがつぶやく声。
誰かが呼び止める声が聞こえる。

そっと目を閉じよう。
その言葉の意味を理解できるまで。
信じられる言葉だけ選んで立ち止まり
ゆっくり答えよう。
あなたを愛している、と。

この土地が緑に染まるころ
もう一度あなたに出会えるように。

辛い日々も嫌な事さえも静かに乗り越えて
この冬があけるのを待とう。
暗闇なんかに引き込まれない。
あなたを照らすこの光を信じよう。

館

好きなだけ好きなものを買って
好きなものに囲まれて好きなように生きる。
それのどこが悪いのだろう。
通り抜けていった季節とともに、私達は少しだけ大人になった。
周りなんて関係なかった。
ただ毎日が楽しければそれだけで良かった。
いつもの場所で笑いあえれば満足だった。

いつの日からだろう。
こんなにも淋しくなったのは。
いつの日から夢を見れば見るほど追いつけなくなってた?

空

空を見ればあの頃を思い出す。
誰よりも何よりも輝いていた。
あの頃はもう思い出でしかなくて
あなたのことさえも遠い昔。

空へ。
青い空へ。
大きな空へ。
あの中へ行けばずっとあのままでいられたかな?

旅立ち

君の横顔見つめたとき
ほんの少しだけ涙浮かべてたこと
気付かないフリしていたけど
本当は知っていたんだ。

君のすべてを手にしたような気がしたよ。

でも本当は何も見えてない。
そうわかったとき
あの愛さえも恋愛の真似だったと
そう、気付いた。

17歳―誘惑

何を迷っているんだろう。
思うままに生きればいいのに。
やりたいようにやればいいのに。

迷う必要なんてない。
流れていけばいい。
気になんてしなくていい。

おかしな誘惑には乗らない。
今が今である限り。
私が私である限り。

M

何かすっきりした。
今までの中でたまってたわだかまり解けた。
良かった。
無理してよかった。
また会ったとしても、もうきっと普通に友達でしかない。
別にいい。
それでいい。
ただの思い出。
ただ夏の日の過ち。

G

愛なんてまだろくにわかっていなかったけど
子どもなりにあなたのことは愛していたと思う。
教室から見えるビルを見上げてはあなたを想った。
どんなひどいことされても愛していたから
耐えることもできたし可愛くもなれた。
別れはあまりにもあっけなく去ってしまったけれど
それでも私は誇りに思う。
あなたを好きでいられたあの冬は、そんなに寒くはなかったから。
今はもうお互い違う場所で違う相手と見ている空だね。
空を見上げれば思い出すよ。
あなたに教わった雲の名前と

人への愛情の伝え方。
もっと二人でいられたら、今頃賢くなっていたかもね。
あなたはすごく大人だったから。
後悔はしていないけれど
もう一度あなたに会えたらちゃんと言えるように練習しておくよ。
ありがとうと言いたい。
そしてひたすらあなたが好きだった私を誉めてあげよう。
本気でぶつかった恋を
今ここに誇りに思う。

うそつき

あなたを忘れるために私は何をすればいいのですか。
どんなに傷つけられても結局あなたに電話して、
いくら泣いてもまたあなたの温もり求めてしまう。
もういいかげん離れたいのに、そんな簡単なことができずに
ただ同じ道を行ったり来たりして
どうしてこんな辛い気持ちになるまで離してくれなかった？
そしてどうして急に冷たくするの？
あの頃、まだ二人がこうなる前に戻れるなら
きっと同じ道選んでなかった。
こんな思いもう二度としたくない
たとえあなたから求められても。

出逢ったこと自体間違いだったとそう叫んだ。
口に出さずにはいられなかった。
叫ぶしかなかった。
今にも涙あふれそうだったから。

世界中いろんな恋があって、たくさんの別れがあるけれど
誰が好き好んで
一度でも本気で愛したことを否定できるでしょう。

もう少しだけ素直に伝えればよかった。
あなたは悪くない
ただ素直になれないまだ子どもの私が悪いだけ。

転校

夢にも思わなかった。
愛する人や仲間がいるこの町を離れること。
ずっと一緒だったみんなを失うなんて
考えたくもなかった。
でも運命には逆らえなくて叫ぶことさえ許されなかった。

もう少しだけあと少しだけ
ここにいたかった。
苦しさや辛さ分かち合った仲間と
この小さな町で小さな夢の破片
数えていたかった。

静寂

今ここで頭を抱えて悩むより、もっとほかにするべきことがある。
明日になればわかる事もある、だから無理しないで。
今はただ身を委ねてただひたすらに息をすればいい。
ただひたすらに生きればいい。

太陽

まるい輪の中にいたかった
いつからかそのまるの中心になりたかった
太陽みたいになりたかった
人はなぜ欲しがるのでしょう
なぜ人はモノを欲しがるのでしょう
自分にはないもの
そんなものあげればきりがないのに
そんなもの人と比べればきりがないのに
なぜ満足しようとしていないのでしょう

二つの宝物

時々思い出すことになるだろう。
今日この二度目の苦しみ、悲しみ、辛さ、痛さ。
そして思い出してはまた涙するだろう。
紛れもなく私が悪いのに。
愛して愛されてそして犯された過ちならば
受け止めて過ちを幸せに変えればよかった。
すべて捨てて現実受け止めて戦えばよかった。
そんなことできるはずもなかった。
たった一人の母に告げることなどできなかった。
ごめんなさい。
でも誰に謝ればいいいんだろう。

わからない。
けど私とあの人との間にできた宝物に謝ろう。
もしもなんて期待できる立場じゃないけど
もしももう一度あなたに出会うことができたら
あなたを守り抜いて見せるから。
許してなんて言えない。
わかってなんて言えない。
ただこうするしかなかったと
それしか言えない。

五時間目

嫌なことがあると、楽しかったはずのことまでも悲しく思えてくる。
　いくつ朝を迎えればもっと強くなれる?

涙を流すあの子がうらやましかったり
どうでもいいあいつのことが気になったり
そんなありふれた感情すら見えなくなったり。

　この広い空を見上げて気付いた。
私はここにいる。
淋しくてどうしようもないのに
　ここにいる。

この場所はそれなりに満ち足りていて
何もかも手に入るかもしれない。
ただ優しさに触れたいだけ。
ただ甘えたいだけ。

K

朝、目覚めるたびあなたを想う。

苦しくて涙あふれそうになる。

「辛い想いさせたね」

「ごめんね」

その言葉、心に染みてなおさら忘れられなくなる。

いつの日かまた出会うことができたら、今度こそあせらず打ち明けよう。

ゆっくりと育もう。

きっと何年か過ぎてまた出会っても、
またその笑顔で笑って見せてくれるよね。

その日がくるまでこの想いそっとしまっておこう。

運命

あなたは言っていたよね。
「運命の相手ならどちらかが逃げ出したとしても
もう一方が追いかけて離れることはない」って。
そのときはまだ本当の意味など理解していなかった。
今は素直に頷ける。
私が逃げ出そうとしてもあなたは追いかけてきてくれるから。
ねえ、二人がもしもただ通り過ぎていたとしたら今はなかったのかな?
きっとめぐり会えていたよね。
そしてずっと一緒にいられるよね。

伝えたい

今よりもっと自由に生きることができたら
きっとわからなくなることもあるだろう。
でも今だけは何を失ってでもいいから
伝えたい言葉がある。
あなたとはだんだん距離が広がっていくばかりで
あなたは遠くなって行く。

ここにはあなたへ伝えたい言葉がありすぎるくらいあふれていて
それなのに届かない。
あなたへ伝えることできない、少しも。

淋しすぎて誰といてもどこにいても何をしていても
あなたのことが心よぎるたび、
どうしようもなく涙があふれ
涙が止まらない。

掌

こんなふうになることわかってた。
それでも離れられなかった。
一緒にいればいるほど想いは深まり、離れられなくなってた。
けれどあなたじゃなければだめで、どうしても離れられなかった。

そろそろ一人になりたくなってた。
あなたを忘れたかった。
あなたを待つことはあまりにも疲れるから。
振り向いてくれることのない人を、待ちつづけるのは苦しいことだから。

あなたのすべてが愛しい。

そして何より好きなのは
頭をなでてくれるその掌。

手

好きなのに伝えられないこと辛すぎる。
こんなにも想っているのに許されない。
これ以上あなたを想いつづけることも、そばにいることも。
どうして迷うの？
どうして苦しむの？
奇麗事なんて言わなくていい。
ありのままを伝えて欲しいのに。
このまま離れていけばあなたは楽になれる？
このまま消えてしまえばあなたを忘れられるの？
忘れたくないけど忘れなければならない想い。
忘れたいのに忘れられない。

もう待つことすら許されない。

夜になればまた思い出す。
そしてまた会いに来てくれる。
どうしてそんなに優しすぎるの？
遠ざけて欲しいのに。
一人きりで空回りしていたの？
思い過ごしでしかなかったの？

髪の毛なでてくれるその手が
何よりも好きだった。

隠れ家

いくら伝えても何も返してくれない。
ただひたすらに想いを伝えてきた。
でもそれは間違いだったのかもしれない。
少し強引過ぎたのかもしれない。

だけど黙っていられないほど
好きになったことを後悔しているわけじゃない。

今、少しだけ心が泣いているだけ。
今、少しだけ心がゆれているだけ。

思いきり雨に打たれて泣いていたい。
思いきり風に吹かれて泣いていたい。
好きなあなたに気付かれぬように。

K2

眠れない夜

今までのことを振り返った。
何がしたいのか考えた。
やっぱりあの人を想ってる。
あの人は愛してくれてる。
それは間違っていない。
誰かがあの人を悪く言っても私だけは愛していよう。
そして守ってあげよう。

迷い

あなたのことを想うたび、私は何かを失っているのでしょうか?
自分の中の大切なもの、少しずつなくしてしまっているのでしょうか?
会えないと不安で苦しくなるのにあなたがいなかったら……
なんて考えてみる。
バカみたいだね。

あなたのこと大切で大切すぎて壊したくないくらい、
私の中で重要で譲りたくなかった。
今でも変わらず想い続けてる。
だけどきっとどこかで忘れてしまったり
失くしているものも幾らかあるんだろうね。
それが成長していくってことなのかな。

ひと休み

幾千もの星が二人を見てる。
そんな中、涙を流して見えない未来ばかり追ってた。
苦しかったね。
辛かったね。
そして今、また歩き出していく。

重荷

愛されてるのかわからない。
愛されすぎてるのかもしれない。
それが重い。
自由になりたいとさえ想う。
どこか遠くへ行きたくなる。
どこでもいい。
誰も知らない土地で「一」から始めたい。
今、さよならするのは
私にとってもあなたにとっても辛いことだろうけど
いつしか慣れて他の誰かと笑っていることでしょう。
そんなものでしかないと想うと、人と人とのつながりって淋しい。

そんなものならどうして人と人は出会うのでしょう。
淋しい。
哀しい。
人と人ってそんなもの。

逃げ道

ここ何日かの記憶があまりない。
なぜだろう。
別に誰かに何かされたわけでもないのに傷ついている。
今、どうしようもなく癒されたい。
苦しくて仕方ない。
このままいつまでしがみついているつもりなのか
自分でもよくわからない。
ただ逃げてる。
楽な道選んでる。
でも苦しい。
あの人のそばにいると楽だけど苦しい。
もうだめなのかも、とも思う。

何もかも失ってもいいのに。
それくらいいいのに怖い。
あの時あきらめていればよかったかも。
時々思う。
そんなふうに思う。
そしたら今頃何してただろう。
いろんな人といろんな場所で、夜を過ごしていたのかな。
抜け殻みたいに空っぽで、それでも息だけしていたのかな。
そういう生活と今の生活。
どっちがりこうかなんて考えればわかる。
でもどっちがいいのか今はまだよくわかりません。
愛されることとか愛することは、こんなにも苦しいのですか。
愛することとやめてしまえば
楽になれるのですか。

二年目

恋がしたい、
思い切り。
ドキドキしたい、
胸が苦しくなるくらい。
別れがあるから出会いがあることそろそろ気付こうよ。
愛してるの?

もうどうでもいいんでしょ?

わがままなのわかってる。
でももう自分を作るの疲れた。
偽ってるの疲れた。
自分がわからなくていなくてもいい気がしてる。
愛されてるのもわかってる。
苦しいくらい感じている。
そんな今を、今は素直に幸せだと思えない。
嫌いじゃない。
けど
気持ちが重い。

慣れ合い

いつから慣れてしまってた？
自分らしくなくなってた？
楽しかったよ。
好きだったよ。
他に何も見えなくなるくらい。
けれどそれがいつまでも続かないって……
簡単に変わってしまうなら
どうして恋して愛し合ったりするんだろう。
今日という日が永遠ならよかった。
ずっと変わらず愛したかった。

again

あの頃も苦しかった。
そしてまた今、苦しい。
あの頃どうやって乗り越えたか忘れてしまった。

朝、目覚めると夢であるよう願う。
シャワーを浴びると夢でないとわかってしまう。
そして涙が出る。

もう苦しめたくないけど、私だけ辛いのが嫌でまた苦しめる。
私だけじゃないことくらいわかっていても
今はそう感じてしまう。

本気

本気で泣いた
らしくないほど叫んだ
でももう遅かった
あなたはもう私を見てくれない
あなたはきっと遠い未来を見てる

夢をくれた　恋させてくれた
そしてたくさんの愛をくれた
愛した
あなたを心から愛して　そして今も
愛してる

one more time

大切なモノを失ったこと、何度か経験したのに
どうしていつもなくしてから気が付くの
どうしてもっと大切にしなかったの
甘えることを知らなかった私を
あなたは受け入れてくれた
私のすべてを受け入れてそして、愛してくれた

神様、本当にいますか
お父さん、近くにいますか
お願い　最初で最後のわがまま
あの人をもう一度
私だけのものにしてください

過ち

本当はみんなの前で泣きたかった。
本当はがんばったね、えらかったねって褒めてほしかった。
高3のとき、夢中で追いかけて
やっと振り向いてもらえて約2年半付き合った人と別れた。
いつもならみんなに電話して、話を聞いてもらって思い切り泣きたかった。
でもできない。
私はみんなに同情してもらう余地などなかった。
なぜならちっとも頑張ってないから。
ちっともえらくなかったから。
愛されていた。
あの人には間違いなく愛されていた。

まだありがとうとかさよならは言えない。
私はそんなに大人じゃなかった。
私は強くなんかない。
器用なんかじゃない、不器用だった。

ゆっくり

負けないように強くなる。
そう心に誓った。
自分で出した答えだから。
もう後戻りはできない。
自分で離れることを決めたのに涙が出た。
それはこの恋に本気だったから。
誇りに思おう、人を心から好きになって初めて愛したことを。
さよなら。
もう後ろは振り向かない。
暗い部屋で一人きりで泣いた日を無駄にしたくはないから。
大きな声で叫んだ、強くなりたい、と。

泣きながら口ずさんだあの曲が頭から離れない。
そうだ、忘れないでおこう、ゆっくりでもいい。
忘れよう。
ひたすら愛しぬいたこと、雨の日の喧嘩も初めての夜明けも。
二人は一つだったことも。
もう泣かないよ、今日で最後にする。
だからもう少しだけ泣かせて。
あと少しだけ。

still

さよならはいつも私から
あなたはいつも守ってくれてた
そして言った
「ずっと一緒にいよう」
「一生一緒にいよう」
でも私が手放した
私が一緒にいることをこばんだ
誰か教えてください
もう離れなくてもいい方法を
誰か伝えてください
まだあなたを愛していると

罪と罰

どうしても叶えたい夢があった
それを忘れてしまうくらい
夢中であなたを追いかけて
夢中で手に入れたのに
いつしかそばにいるのがあたり前になって
あなたを恋しんだり
あなたといることを、いられることを
喜ぶのを忘れてしまっていた
罪と罰
あなたを大切にしなかった罪
あなたを奪われた罰

nothing

結局何もなくなった。
時計も指輪も返してもらったけど
もう何もなくなってた。
あなたの香水のにおいを感じても
あなたの温もりはなくて
ありがとうと言ったその笑顔も
もう私だけに向けられる笑顔ではなくなってた。

また笑って飲みに行こうってそう言ったけど
無理だよ。
もう普通に笑えない。

まだ普通に笑えない。
もしもなんてもう聞きたくない。
言いたくない。

最後のケンカ

はじめて話したのはいつだっただろう。
はじめてわかりあえたのはいつだっただろう。
そしてずっと二人でいた時間はどれくらいだっただろう。
あの時はあなたを責めてた。
私は悪くないって思ってた。
でもね、少し深呼吸したらわかったよ。
私がいつからか伝えるのをやめてた。
あなたにあなたを想う大切な心を
伝えるのをやめてしまってた。
わかったから、だから電話したんだよ。
でもあいかわらずだったね。
ただあの時言えなかったことを言いたかったんだ。

ごめんなさい

出会った頃一緒にいたいと思った。
そばにいたいと思った。
これが愛なんだって素直に思った。
いつしか幸せだった。
そして失った。
知らない間に消えていった。

ごめんなさい。
素直じゃなくてごめんなさい。
朝、早く起きれなくてごめんなさい。
部屋の掃除をしなくてごめんなさい。

言葉遣いが悪くてごめんなさい。
きれいじゃなくてごめんなさい。
隠れて飲みに行ってごめんなさい。
会いに行かなくてごめんなさい。
大事にしなくてごめんなさい。
すぐ別れるって言ってごめんなさい。
もういらないって言ってごめんなさい。
うまく愛せなくてごめんなさい。

でもね、信じていたんだ。
未来も過去も今も。
本当は大切だったんだ。
あなたが本当は好きだったんだ。

毎日ドキドキするくらい好きだったんだ。

ありがとうってもう言わないで。
そのすがるような犬みたいな目でもう見ないで。
お別れができなくなるから。

Alone

今日から一人きりでやってみよう。
何ともない。
別にあなたと出会う前の私に戻るだけ。
苦しくない。
ただ涙が頬をつたうだけ。
誰かに泣きつけばきっと慰めてくれるだろう。
でも同情でしかない。
本当に欲しいものは何だろう。
それは単純に強さと優しさ。
私にはないもの。
私にはなかった。

だからあなたを傷つけた。
だからあなたは離れていった。
淋しい、恋しい、愛しい。
あなたに会いたい。
みんなに会いたい。
でも一人きりでやってみる。
人として女として生まれ変わって
あなたに会いに行く。

悪魔

悪魔になろうと思う。
なぜならもう何も怖くない。
もう何も必要ないから。
あんなに欲しかったものでさえもう何も感じない。
返せるものなら喜んで返そう。
だから私のものも残らず返して。
においも何もかも。
香りさえ忘れたい。
怖い女になろう。
嫌な女になろう。
今は、今だけは。

思い出したくもない。
本当に私は何も要らない。
何も欲しくない。

あなたが他人のものになるなら。

マック

あなたがうちに来てやっと一年。
どこに行くにも一緒で連れて歩くと子どもも大人も
かわいがってくれたね。
それがうれしかった。あなたもでしょ？

ねぇマック。
もうお空の上？
さむくないかい？　マックは寒がりだったから。
雨が降ってるね。マックは水が大キライだったから。

あの夜、まさかお父さんと同じところでなんて。

泣いても叫んでも動かないしだんだん冷たくなって
どんなにドアをたたいても病院のドアはあかなかった。

ごめんね。
ビックとケンカしたときお前ばかりを怒ってごめんね。
ぶったりしてゴメンネ。
一人にしてるすばんばかりさせてごめんね。

どうして私からうばうのですか。
どうして私の大切なモノばかり。
罰をうけるのはどうして私なのですか。
マックだけはどんなに怒ってもぶっても
夜帰ると出迎えていつも一緒に寝てくれた。

あぁ神さま。
そしてお父さん。
もう美音子からうばわないでください。
お母さんも友達も。ビックも。愛するものすべて。すべてもう
そっとしておいてください。

滝　高

教室から見える風景
教室のすみで居眠りしてるあいつ
空っぽの教室にはもうなかった
あの頃見てた夢への道
あの頃描いた夢へのあこがれ
今はただひたすらに生きている
同じ毎日
あの頃は違ってた
すべてが新鮮で輝いてた
もう一度何も見えなくなるくらい走りたい

迷い道

どこへ向かっていけばいいのか。
何を目指していけばいいのか。
わからなくなってる。
何を一番大切にして
何をひたすらに守り抜いていけばいいのか。
見失っている。
遠くで聞こえてくるたわいのない噂話。
素直に泣ける
あの娘の生き方がうらやましかったりする。

言葉

もう何もいらないって思って言った。
そしたらどんどん私のものなくなってった。
言葉は生きてるって言ってた。
だから簡単には口にしてはいけない、と。

願いを叶える。
口に十。
十回口にすれば願いは叶う。
そう浮かんだ。

本当ならもしそれを信じるなら

何をいのろう。
何を口にしよう。

幸せにしてください。
ちがう。
愛をください。
でもない。

ただもう何もとらないでください。
私を一人にしないでください。
この道を照らしてください。
母を健康に。
祖母に長寿を。

友に幸せを。

私はもう何もいらない。

だから

　彼らを奪わないでください。

自分について

知らないうちに誰かを傷つけていたのかもしれない。
最近よくそう思う。
今まで自分は人に対して
言葉を選んで態度に気をつけて接してると思ってた。
そうしてるって思ってた。
でも実際は違っていたのかもしれない。
それは仲間に対して、友達に対して、恋人に対して、家族に対して。
実際は誰からも必要とされていないのかもしれない。
相変わらず周りには仲間がいるし友達もいる。
でも私が大切に大切にしてきたものたちが
次々に私から離れてゆく。

どうしてかわからなかった。
相手ばかり責めていた。
私はこんなにしたのにどうして何もしてくれないの?
そんなふうに思ってた。
今も本当はどこかで思ってる。
けど本当は何もしてなかった。
信じてた。信用しきってた。
でも私は信じてもらえていなかったのかもしれない。

罪とは何か。
しらないうちに誰かを傷つけていたこと。
傷つけたことじゃない。
それに気付けなかったこと。

罰を受けるといい。
そう言ったとき、実際に罰を受けていたのは私かもしれない。
受けなければならないのは私かもしれない。

守ることを知らなかった。
何も守ってこなかった。
なぜならそれで全てがうまくいってた。
満たされていた。
そう、私は満たされていた。
でも守らなかった。
だから私から奪ったのですか?
もうこれ以上、私から何を奪うのですか?

そして、生きていく

こうして生きていること、
何年も息をして生活をして。
うまく言えないけどそれってすごいこと。
人は何かに支えられて
人と助け合って生きていく。
それをやめたら人は人でなくなってしまう。
だから本当は辛くても前を見て歩いて、息をしなきゃいけない。

だけど時々いやになるね。
どうしてだろう。
それは人だから。

人には感情があるから。
つまずいて何も感じない人なんていない。
叩かれて痛いって感じなかったら人じゃない。

ふまれて痛いのはふんだ方じゃない。
ふまれた人なんだ。
人の痛みのわかる人に
なりたい……。

怖い

あなたの目の前に広がるその海に、私は入っていけますか?
私を受け入れてくれますか?
どこか遠い目をしながら話すところ。
不意に見つめるその瞳。
私は求めてもいいですか?

こんなにも誰かを求めているのに、もう怖がっている。
求める前に、そばに行く前に怖がってしまう。

人を信じることが、どうしようもなく怖い。

お父さん

明日から変わってみよう。
もっと愛されるように。
心から愛されるように。
母から恋人から。
友から。
そして天国の父から。

お父さん、
お父さんにはたくさん友達がいたね。
愛されてたね。
私にもできるかな。
お父さんみたいに愛されることできるかな。

ひとりじゃない

明日から何をしよう
もう誰の目も気にしなくてもいい
新しいものを見つけよう
楽しめること
たとえば旅に出よう
誰からも文句を言われない
旅をしよう

私は神様を知っている
私を守ってくれる
だからもう泣かないよ

ひとりきりじゃないから
お父さんがいつも
そばにいること
知ってるんだよ

子ども

人はいつも結局ひとりで
私はいつも結局ひとりで
明日を待ってる。
ただじっと朝日を待ってる。
ただじっと同じ場所で星を見上げたあの夜も一人だった。
ねえ、もしかしたらこの星をこの朝日を
見上げてる人がいるのかな。
そう、素直に問いかけたけどもう誰もいなくなってた。
叫びたくなった。
誰かに泣いて叫んで私のたった一つの願いを叶えて欲しかった。
子どものままでいたかった。

泣いてねだるとお父さんは何でも与えてくれた。
でもいつも大事にしなかった。
その時一瞬大事にしてすごく大切にして
そのあとはこわしてしまってた。
いつのまにかこわれてた。
すごく似てると思った。
私があなたにしたこと。
子どものころと何も変わってなかった。
子どものままだった。
子どもすぎたんだね。
だから言えなかったんだ。
「ありがとう」と「ごめんなさい」が。

前進

一歩踏み出した。
そしたら急に楽になって、そして辛くなって
いいことも悪いことも一度にたくさん起こったけど私は今、私らしい。
もう一人でうじうじ泣くのはやめた。
苦しい、辛いって泣き叫ぶのはやめた。
自分がかわいそうで泣くのはやめた。
かっこ悪いことは全部やめた。
そう決めたから前だけ見よう。
時々思い出す。ずっと忘れない。
あの日たったひとりで見たあの星空。
淋しかったよ。痛かったよ。
でももういい。

泣いてもいい

BDに泣きだしたあなたを見て心が痛かった。
自分の無力さが情けなかった。
こんなにも近くにいるのにまだ何も知らない自分が悔しかった。
あなたは多分、毎日の日々の暮らしの中でたくさんの人に遭遇し、
たくさんの人に愛されて、だから時々わからなくなるんだね。
疲れてしまっているんだね。
待ってて。
あなたを隣からすぐ助けてあげられるくらい私が強くなるから。

泣きたいときには泣いてください。
無理はしないでください。
あなたを必要としている人はたくさんいるから。

自分らしさ

夜の街へ飛び出す。
真っ赤な口紅を塗って、いつもの運転手さんに見送られ夜の街へ向かう。
私の大好きな場所。
大好きな人たちがいる場所。
大切な人たちが集まる場所。
そこでは私らしくいたい。
いつも大きな口をあけて笑っていたい。

強い女性《ひと》

一人になりたくないと思っていた。
毎日辛くて誰かに頼ってみたかった。
けど実際、一人で生きてきたように思っていたけど違ってた。
多くの人をまきこんで多くの人に支えられてる。
でも貴女は違う。
間違いなく一人で立っている人。
貴女の何気ない一言の中にも
あなたの強さと経験の多さ、深さが存在している。
決して媚びはしない中で見せる女らしさに
同性ながら魅せられる時がある。
赤でも紫でもない

深く濃い赤紫のバラのような人。
美しいだけじゃなく強さがある
花びらとトゲ。
摘みとられることなく大地に根をおろし
寒くても雨でも凛として咲く。
一輪のバラ

そばにいて

まさか、こんなにも早くあなたを失うなんて思ってなかった。
ううん、初めからあなたを得てなんていなかった。
初めからあなたと一対一になれないこともわかってた。
まだろくに右も左もわからない街で、私に何もかもを教えてくれた人。
そして何よりも私を悲しみから救ってくれた人。
大事にしてくれた。
それなのにそれに気付かない振りして
あなたを知らないうちに裏切っていたのかもしれない。
私はしたいようにしてた。
わがままだった。
子どもだった。

そして知らないうちにあなたは私を遠ざけた。
淋しいからあなたを求めていたのか
本当に心から欲しくて求めていたのかわからない。
ただあなたにあえない夜、ただ淋しい。

早すぎたのか遅すぎたのかはわからない。
けど出会うべきじゃなかった。
もとめるべきじゃなかった。
でもそばにいて。
たくさんいろんなこと教えて。たくさん耳元でささやいて。
抑えられない。
もう手におえない。自分が自分でわからない。
いったい何が欲しくて何をしようとして

歩いて泣いてそして息をしているのか。
わからない。
これ以上やさしくしないで。
だって、あなたは私だけなんて見てくれていないから。
離れさせてください。
あなたを独占したくなるその前に
嫌いになりたい。
でもまだ答えは出したくない。

しし座流星群

今日もあなたの夢を見ました。
自分でも知らないうちに私の頭と心は
あなたでいっぱいのようです。
私の知らないところで
あなたは毎日違う誰かと朝をむかえて
それは充実しているといえるのでしょうか。
最近は誰も訪れてこない一人の部屋で
毎日さみしく眠りについています。
このまま離れられるのを望んでいる一方で
あなたがまた私のところへ帰って来てくれるのを
祈っています。

「生まれてこなければ良かったと涙を流したあのころ
そばには誰かいて守ってくれていた
でも今は誰も知らないこの街で
たった一人　星を眺めた」
流れ星がキレイな夜　思わずあなたに電話した
あのころがよかった。
あのときあなたを引きとめておくべきだった。
あなただけのものになればよかった。
それがこわかった。
できなかった。

エール

何が現実で何がうそなのか、わからなくなった気がした。
今まで見えていたものたちが
いつからか見えなくなってしまっていた。
このままじゃ何も始まらない。
新しい何か見つけなきゃ。
そして始まっていくこれからの物語。
誰かの手じゃなく自分の手でつかんで作っていかなくちゃいけない。

夢見ることに疲れたらそっと振り返ってみて。
昨日までの自分と支えてくれている人たちが
きっとあなたを笑顔で見つめているから。

ありがとう

思えば彼氏とケンカした夜も
母親と言いあいした夜もみんなそばにいてくれた。
そんなこといつしか忘れてしまうのかな?　って思った。
悲しくなった
滝川を離れる夜、泣き出したあなたたちを見て
私は胸が痛かったよ。
今までいろんなことあったねって
長い間ずっと一緒にいたこと思い出してまた泣いてた。
「みんな離れていっちゃう」って「みんなバラ×2になっちゃう」って
泣いてたね。
私たちはいつも泣いてた。
泣き虫だったね。

いつもキレイになりたいって、強くなりたいって、負けたくないって、
でも今、みんな自分の道さがしてる。
手さぐりだけど、まだぜんぜん見えてないけれど、
それでも前に
進もうとしてる。
みんな、それぞれさがしてる。
遠まわりしてもいいんだよ。
それで何か見つかれば
いつも一人じゃない。
みんながいるから元気になれたことたくさんあったでしょ。
ありがとうなんて言わない。ごめんなんて言わない。
美音子がそういうの苦手だって
誰よりもみんなが
知ってるから。

書きたい

父になぐられた夜も
父が死んだ夜も
恋人と別れた夜も
友達が泣いた夜も
私は書くことをやめなかった。
感情が自分の手におえなくなったとき
私はペンをもち、紙に向かう。
それはテスト用紙の裏であったり
時には広告の裏だったり。
電車の中、授業中。私は書きたい。
書いてさえいれば、コントロールができるから。

さいごに

みんな集まればいつも泣いてた。
そしてその後笑って歌って飲んで、また
泣いた。
みんないつもキレイになりたいって
いい女になりたいって泣いた。
いつまでも、毎日ああして一緒にいるって
思ってたね。
一人離れ、また一人。
バラバラになっちゃうって泣いた。
それぞれ夢とか将来とかがあるから、
離れなくちゃいけないことくらい

わかってたけどまた泣いた。

高校の頃、何も言わなくてもいつもの場所で集まって笑い合って楽しかったね。あの頃、キラキラしてたよ。みんな。

彩子はいつも「幸せになりたい」って言ってた。美音子に負けないくらい不器用で辛い方にばっかり進んでいく。まわりが見えなくなるくらい誰かを好きになるって、誰にでもできるわけじゃないんだよ。間違ってもいいよ。あとで直せばいい。

涼子はずるい。うまいんだよね、人に甘えるのが。つい助けてしまいたくなるんだよね。だからかな？　Ｇｅｔ率が一番高いのは。でも強い。男に負けないくらい強くて芯がある。何回怒られただろう。何回美音子のために泣いてくれただろう。

藍とはあっさりしてる。おたがい余計なこと何一つ言わないけど、理解し合ってる。藍は一人でなんでも決める。頼らない。だから少し淋しい時もあるよ。頼って欲しい時もあるし、頼りたい時もあった。次に幸せをつかむのは藍かな?

珠愛。たまとはよく二人でいたね。おたがい男がいてもわけもなく二人でいた。落ち着くんだよね、たまといると。さっきまでイライラしてたのがバカらしくなる。うちらの中の飽和剤、柔軟剤。でもときどき疲れてるでしょ?! そういう時は思いっきり大きな声で言っていいよ。言いたいことは言うべきだよ。

かなみは強がりすぎ。もっとさらけ出して本音でいこうよ。あせらなくていいんだって。みんな同じなんだよ。ただそれを解決できるかできないか。みんな強くなんかない。弱くたっていい。悲しい時は泣くのが一番。

美佳を見てるとほっとする。いつもバカばっかり言い合って笑ってるけど、たまにぐっと来る言葉を突然言い出す。でも強くなったね。前は泣いてたもんね。すぐ泣くから助けてあげたくなっちゃうんだよね。あとは大切にすることを覚えること。

留実は曲げない。自分の意志を決して曲げない。我が道を行く。ときどきそれでまわりは振りまわされるけどにくめない。人徳っていうのかな。だから留実のまわりには、いつも誰かいるね。あとは、自分を見つめる時間を大切にして。らしさ忘れないように。

希美は誰よりも早くママになった。なんか夜通し遊び歩いてた希美がママになるなんて、信じられなかった。結婚するんだって報告されてバカじゃないの？って言ったのは悔しかったんだよね。先に結婚されるってことじゃなくて、もう夜中遊びまわれないのが……。でも、本当は挨拶しながら泣くくらい祝福してたんだよ。

プー。真由美。小学校からずっと学校へ行くのも帰るのも一緒。高2の時、転校するって聞いた時辛かったなぁ。覚えてる？　あの歌。今でも泣けるよ。あの曲。すごく実は負けず嫌いで案外しっかりしてる。美音子は知ってるよ。ずっと見てたから。

他にもたくさん支えてきてくれた友達。

ちえ、あっこ、さお、えみ、まりあ、ゆか、しのぶ、Wヒトミ、キム、菊めぐ、あんな、ちあき、あきお、さえこ、あき、他滝川の友達、先輩、後輩。

江別の友達、あかね、あずさ、あけちん、まや、なつ、はるか、ゆうこ、ゆか、他のみんなも。

千歳で出会った大先輩たち。

学校での友達。

いつのまにか助けてもらったことたくさんありました。今回この本は今までに私が出会った人たちへ向けて、同世代の人たちへ向けてまとめてみました。落書きみたいにして中学生の頃から書き留めていたものがほとんどです。手にとり共感していただければ幸いです。

そして何よりも出版を許してくれたお母さん、好き勝手ばかりしてごめんなさい。この世に私を産み育ててくれたことに感謝します。お父さん、美音子はお父さんとお母さんの子で良かった。昔は普通じゃないことに腹を立てて反抗したこともあったけど、お父さんと暮らした16年は幸せでした。

「reset」このタイトルをつけたころは、すべてもう失ってもいいとなげやりな時期でした。けど今は、「reset してしまいたくないこともたくさんあります。

その区別が今、出来た気がします。

失くしたもの、忘れたいこと、大切なもの。

これからもゆっくり書き続けていきたい。

著者プロフィール

今　美音子（こん　みねこ）

1981年4月22日生まれ。
北海道立滝川高等学校普通科卒業、浅井学園大学短期大学部初等教育学科中退。
現在、北海道千歳リハビリテーション学院作業療法学科在学中。

reset

2002年4月22日　初版第1刷発行

著　者　今 美音子
発行者　瓜谷 綱延
発行所　株式会社 文芸社
〒160-0022 東京都新宿区新宿1－10－1
電話03-5369-3060（編集）
03-5369-2299（販売）
振替00190-8-728265

印刷所　株式会社 平河工業社

ISBN4-8355-3632-0 C0092